中国多民族文学丛书／第五辑

放牧云朵的风

曾入龙／著

作家出版社

曾入龙　曾入龙 1994年生，布依族，贵州关岭人，鲁迅文学院第二十四期少数民族文学创作培训班学员，贵州省作家协会会员。作品散见《诗刊》《民族文学》《青年文学》《星星》《山花》《诗潮》《绿风》《美文》《诗选刊》《中国诗歌》《山东文学》《特区文学》《时代文学》《延河》《中华诗词》等刊。出版随笔集《何曾吹落北风中：从宋诗里开出花来》《一寸相思一寸灰：古诗词中的情与美》。

作者近照

编 委 会

目 录

第一辑　一朵云是另一朵忧伤

这一片云朵……3
一只鸟，或乡愁……4
火车记……5
回乡记……6
一棵孤独的树……7
号啕记……9
在一片空地上看一朵云……11
水花帖……12
老屋记……14
僵　局……16
在山野之间……17
凝视记……18
垂钓帖……19
虚妄帖……20

观蚁记 ……21
村庄暮色 ……22
云在山上吃草 ……23
村庄素描 ……24
一朵云是另一朵忧伤 ……25
秋菊帖 ……26
十月的天空 ……27
远望帖 ……28
雨中帖 ……29
十一月之后 ……30
用咳嗽惊醒冬天 ……31
说书人 ……33
家与人 ……34
再有一天花就开了 ……36
秋意寒 ……38
村南村北 ……39
初夏之诗 ……40
黄昏记 ……41
山林记 ……42
夜雨记 ……44
与一朵花对视 ……46
归去来 ……47
捉春风 ……48
洁白的云 ……49
一粒马鸣 ……50

外婆的断桥 ……52
虚设的河流 ……54

第二辑　只有月光是多余的

小　城 ……57
就像镰刀弓着身子 ……58
手　印 ……59
凌晨三点零三分 ……60
只有月光是多余的 ……61
木城河 ……62
背篓与小女孩 ……63
野生的云 ……64
依旧飞 ……65
小城映像 ……66
那些脉搏如此熟悉 ……70
留　白 ……71
手　札 ……72
飞鸟传 ……73
月光是柔软的唇印 ……74
给县城的情书 ……75
它不动夕阳就不动 ……76
荒诞记 ……77
十字路口 ……78
天很蓝 ……79
小欢喜 ……80

另一种蓝色……81
鱼腥草……82
小人物……83
先于风……85
夜很深……86
夜　坐……87
坚　守……88
守　望……89
唯　见……91
欲　眠……92
不远处……93
风声紧……94
数　雨……95
云很轻……96
这就是爱……97
质　疑……99

第三辑　第十二堆草垛

洗衣声……103
薄　暮……104
九天母石……105
桃符村……106
如此云朵……107
第十二堆草垛……108
无声的杀伐……109

因为鱼 ……………………………………………………111
当风吹过来 ………………………………………………112
虚构一些蓝 ………………………………………………113
白云的耳朵 ………………………………………………114
一粒麦子 …………………………………………………115
旧月光 ……………………………………………………117
天书记 ……………………………………………………119
搬砖记 ……………………………………………………121
南瓜花 ……………………………………………………122
此去四五里 ………………………………………………123
春日记 ……………………………………………………125
那一年，你二八 …………………………………………126
飞鱼传 ……………………………………………………127
吻　痕 ……………………………………………………128
初春帖 ……………………………………………………129
春欲晚 ……………………………………………………131
外婆说 ……………………………………………………132
冥想帖 ……………………………………………………134
哑默记 ……………………………………………………135
请 …………………………………………………………136
星八克 ……………………………………………………137
盗墓记 ……………………………………………………138
花未眠 ……………………………………………………139
我的老屋睡着了 …………………………………………140
那堵墙 ……………………………………………………142

一切从简……143
晃动的记忆……144
绣光阴……145
小小芦花……146
十一月……147
芦苇之诗……148
落日之诗……149
日记之一……150
日记之五……151
日记之六……152
日记之七……153
日记之十一……154
日记之十二……155

第四辑　风车坐在云朵上

风微凉……159
玉米粒……160
小草，或侄女……161
曾经沧海……162
虫　子……163
人间苍凉如水……164
村　居……166
子夜书……168
照镜子……170
上　钩……172

风车坐在云朵上 …… 173
闪电之虚构 …… 175
鸟鸣是一把小提琴 …… 176
飞呀飞 …… 177
樱花帖 …… 178
朵云传 …… 180
骨灰盒 …… 181
与村庄书 …… 182
侠客一样的风 …… 183
市北路 …… 184
纸上的村庄 …… 185
倦　鸟 …… 187
我应该桂树一样 …… 189
子夜之诗 …… 190
一米以外 …… 191
黑蝴蝶 …… 192
虚　设 …… 193
九月之诗 …… 194
持烛者 …… 195
茫然书 …… 196
黄　昏 …… 197
墓志铭 …… 198
四月来了 …… 199
放牧云朵的风 …… 200
醉黄昏 …… 201

一九九四 …………………………………………………………202
村居素描 …………………………………………………………204
月光帖 ……………………………………………………………205
自行车 ……………………………………………………………206
在站台 ……………………………………………………………207
一声咳嗽 …………………………………………………………209
傍晚素描 …………………………………………………………210
在大山深处 ………………………………………………………211

后记　孤独的魔法师 ……………………………………………212

第一辑

一朵云是另一朵忧伤

这一片云朵

这一片云朵从何而来
我不知道。它舒展了
再合上，轻描淡写地
跟着风走。我看见它
在一座山上停了许久
它是在缅怀吗？还是
仅仅是为了小憩一番
然后离开。我看到了
一列火车徐徐缓缓地
前行着。有一片云朵
尾随其后，它是否在
隆隆的铁轨声里度过了
胆战心惊的一夜？

一只鸟，或乡愁

窗外有鸟飞过。一只鸟
飞在高楼大厦之间，飞在
车水马龙之间，飞着飞着
不见了，它去了哪里？
是回去了吗？我隐约看到
在比远更远的远方，一只鸟
从云朵里飞了出来，飞在
蓝天白云之间，飞在草长莺飞之间
飞在一座村庄的头上。在一声鸟鸣里
在小溪左转处，有一座村庄
垂垂老矣，若隐若现。一声叹息
与流水的声音一起，渐行渐远渐无声

火车记

在火车上，辗转反侧。泡面味
便当味、狐臭味、脚臭味……充斥一室
使这个车厢，有了人间烟火的味道
这个小小车厢，包罗万象
坐我旁边的老者，人生七十古来稀了
依旧好奇地打量着，周遭的一切
那双浑浊的眼睛里，隐隐有春水流出
隐隐有泛滥之势，他的春天
回来了吗？坐我前面的小伙子
斜靠在车壁上，打着盹
这个眉清目秀的男孩，约摸
十七八岁的年纪。有些心酸
我想起了弟弟，他也是这个年纪
早早地辍了学，背上行囊
远走他乡。在不同的城市
看着同一片天。天太空了，也太大了
至今我依旧不知道，当我在这个城市
睹月思人的时候，在另一个城市
是月明星稀，还是下着阴沉的雨？

回乡记

看着火车渐远。下车的刹那
既有些平静，又有些紧张
这些年沉默太久了，好想好想
对着旷野，大喊一声。好想好想
在一处无人之地，小溲一番
走在一条巷子里，巷子
还是那条巷子，楼房
还是那些楼房。我看见
年少的人长大了，大了的人
变老了，老了的人，不见了
我看见，一处烟囱吐着烟圈
烟囱也老了，从它皴裂的皱纹里
我看见一只蚂蚁，驮走了
这个房屋的最后一粒米
此屋的主人，早已不知所踪

一棵孤独的树

那座土丘上，一棵孤独的树
孤独地屹立着。在云天之下
它的魁梧，胜过任何一座
巍峨的高山，胜过任何一匹
驰骋的野马。它是大写的文字
被镌刻在，这片生我养我的土地上
我看见一个鸟巢，巴巴实实地
安置在枝丫之间，如今鸟去巢空
它依旧悉心呵护着。我看见
一小截绳子，拴在枝丫上
“拴不住时光呀”，我听见
这棵孤独的树，发出了一声
风轻云淡的叹息。我没有叹息
我只是想起了那些年，在这棵树下
荡秋千的日子。我只是想起了
这棵树年轻时的模样：枝繁叶茂
果实累累。一些孩童来了又走了
一些小鸟来了又走了，一棵孤独的树

依旧立在这里，面对的天

还是那一片天，看到的云

却再也不是，从前的云朵了

号啕记

“我拒绝生离，拒绝死别
拒绝悲伤，拒绝哭泣……”
在一座坟茔之上，一个号啕之人
匍匐在天地之间。这个人我认识
真名不知道，只晓得大家都叫他
小春子。这个不学无术之人
在这个小得可怜的寨子里
口碑实在太差，大家提起他时
除了露出鄙夷之色，更多的
是无奈与叹息。前些年犯了事
偷了父母的钱远走他乡。如今回来了
人模人样的样子，与当年的小春子
判若两人。“应该有出息了吧”
从他价值不菲的西服上，我隐隐
看出了些门道：他是衣锦还乡了
他看了我一眼，旋即埋下头去
继续抽啜。我没有吱声，静默几分钟后
转身离开。我不知道往家赶的步伐

是否加快了，我只是看到了关山飞渡
一座小小的坟茔，被我
狠狠地，甩在了后头

在一片空地上看一朵云

在一片空地上，看一朵云
挨着一朵云，看一座山
挨着一座山，看一条水
挨着一条水。在一片空地上
看一株野草，怎样撑起
一滴晶莹的露珠。看一滴露珠
怎样折射，一米橙色的阳光
看一米阳光，怎样映在
一片浩荡的大地上。在一片空地上
看一朵花开了又落了，看一只蜜蜂
来了又去了。看见一个人
从深山里，缓缓走来，带来了
一片浓荫，以及一背篓草药
我别过脸去，并且努力仰着
尽量不让一滴晶莹，湿润了
这个和煦的清晨。尽量让这个人
不动声色地，缓缓地走进
林之尽处，那个小小的坟茔

水花帖

在一朵水花上，看到整个大地
都是苍茫的。一朵水花被激起
被狠狠地拍打在，石头上
被一阵风打压着，很少溅上岸来
被水草切割成一朵、两朵、三朵
……然后香消玉殒，落入水中
不见踪迹。在一朵水花上
时光恍如当初，我隐约看到
一个老妪佝偻着身子，赤足在水中
看自己的倒影。她是在寻找
年轻时的模样吗？我隐约听到
一群少妇，浣衣的声音
她们不知道，她们的嬉笑声
是这个村庄，最好的抒情
她们不知道，在她们身后
此起彼伏的草丛里，隐藏着
几个情窦初开的少年。他们偷窥着一切
包括乍泄的春光，以及美好的年华
在一朵水花上，看见一条小溪

蜿蜿蜒蜒，最后拐进村子
消失不见。一些鹅卵石在水花里
露出无邪的笑脸，我轻轻拾起一块
放在那个，小虎落水的地方
小虎，我童年时的玩伴
他去水底旅游，不再回来了

老屋记

我激动得说不出话，只能紧紧地
握住拳头，打量眼前的一切
此时连灰尘都是亲切的，在石阶一角
那些灰白色烟灰，是从烟斗里
抖出来的吧？一定是屋后那园子里
孕育出来的烟叶，一定是父亲
或寨子里任何一个人，抽烟后
留下的罪证。我绕了一圈，发现
东墙上的化肥广告，换成了
移动手机的广告。我发现
屋子还是老屋子，门窗依旧
只是门窗两侧的楹联，被斑驳的时光
戏弄得垂头丧气，苦不堪言
锁已经锈了，但心没锈
钥匙藏在一块青石板下，而记忆
一直在内心深处，占据着
一方山河。“是浩荡之水呢
是莽莽群山呢……”我如此比喻
毫不过分。我想起了爷爷

这个老屋，是爷爷的栖身之所
生前如此，死后还是这样
这同样是我的栖身之所
不管是从前、现在还是将来
想起爷爷做的粥：一锅玉米糊糊
在撒下一把青葱后，那四溢的清香
席卷了，整个人间

僵　局

取决于一场清风，取决于
一枚悬而未落的月亮。取决于
我所看到的，和我未曾看到的
取决于一只鸡的鸣叫
以及一条狗狂吠时的
那扇将开未开的柴门
取决于一条小溪的流水、流水上的浮萍
浮萍上的泡沫、泡沫里的光阴……
也取决于一双沧桑的手
伸进一个黑暗的角落，然后从中
抽出一把镰刀，割断年龄与时间的
脐带，打破死寂已久的僵局。“爸
您先歇着，这一篓猪草，让我来割……”

在山野之间

这山野之间，一条小道
一直延伸到山外。在天尽头
一把锄头耕云犁雨，我看见
有一家子，顶着烈烈灼日
在生活的手掌里，翻来覆去
不断挣扎。在山那边，葱郁的树林
是一块绿色的帕子，紧紧地围在
另一座山的脖子上。我看见了幸福
看见了安详与宁静，看见了一只鸟
停留时的惬意，与离去时的不舍
看见了黄土地里，那些土生土长
的野草，它们歪歪扭扭地匍匐着
似在聆听一粒鸟鸣，悠悠落地的声音
在山野之间，一朵小花的盛放
最为引人注目，它不只引来了蜂蝶
更引来了一个人的注目礼。彼时
日薄西山，白云在望，一条幽幽小径
在不知疲倦地曲折与蜿蜒后，拐进了
一亩三分地。地里种满了玉米和豌豆
以及一些沸沸腾腾的马铃薯，和生姜

凝视记

你听见了吗？有人在唱歌
我寻了许久，没寻到
只是在上一个路口，看到了
一个模糊的身影，徐徐缓缓
消失在雨中。你看见了吗？
一只鸟的嗓音里，掉出了
一粒干瘪的谷子。这谷子
干瘪如僵尸，却怎么也让人
生不出一丝厌恶。看着也熟悉
之前见过吗？是抛沙包时
装在沙包里的其中一粒？
还是簸箕下，作饵筐鸟的一粒？
我不知道。在一只鸟的嗓音里
我感受到了时间在颤抖
在枯萎，在萎缩……一只鸟轻轻飞过
掉下的一根羽毛，遮住了
我那双，望向天空的眼睛

垂钓帖

一条江水挡住了去路
一支鱼竿，在波澜不惊的水面
安静地潜伏着，坐等良机
持竿者双眸紧闭，正襟危坐
风来了，乱了他的须发
他依旧不理不睬。他呼吸匀称
舒缓有致，尤其水面上的倒影
竟让我看出了，一丝道骨仙风
不敢打扰，只好静静站着。直到
几声鼾声石破天惊，我才惊觉
这位被我惊为天人的渔者，只是
单纯地，睡着了

虚妄帖

我容忍不了虚妄与无知
容忍不了一把砍刀，挥舞在
一片竹林里。容忍不了竹子
一而再、再而三地倾倒，容忍不了
这些苍翠的精灵，被屠戮在
一个祥和的地方。从此刻开始
我是这里的王，我赦免一切苦难
与罪孽，免除一切苛捐与杂税
红日是王冠，今日，我且登基在此
留名山间。看吧，百鸟来朝了
它们欢喜地从这头，越到那头
甚至从我的头上飞过，多好啊
自由与恣意，是我一生所想的
现在，它们为我，一一实现了
白云是辇，山是行宫，我将灵魂
栖息在这一片乐土上。原谅我的
虚妄与无知吧，就让我虚妄一次
人生总是要无知一回，一回足矣

观蚁记

整整一个下午，她都低下头去
看一只蚂蚁，如何将
一粒硕大的玉米粒，搬进
蚁穴。整整一个下午，她亦步亦趋
如一个孩子，天真地
跟着云走。叫了她一声
没应。她低着头，目光如流水
漶漫过一只蚂蚁的前方，与后头
蚂蚁进穴后，她怅然若失
一枚落日黏在她的肩膀上
仿佛随时都有可能，掉下来

村庄暮色

扎西拉姆说，“当我途经
你的盛放……”当我途经
你的盛放，你看到那一处
篱笆上，那些欢天喜地的
喇叭花了吗？你看到
那扇未掩之门上，那些
葱茏的苍苔了吗？
一座老屋睡着了，在某个
宁静的黄昏，当我途经
一片苍翠的竹林，一座村庄的暮色呀
就要从一朵含苞的
葱兰里，盛放了

云在山上吃草

前所未有的安静
一下子笼罩了
整个房间。一朵云
挨着一朵云，如一个人
挨着一个人。如一个老人
安静地躺在，一张床上
他看了看窗外，说：
云在山上吃草。然后
闭上了眼睛，睡着了

村庄素描

前面就是菜园了
再前行，是一座青山
轻轻地搭在，一条河流
的肩膀上。河西的竹林
浓荫满地，一处坟茔
静坐其下，我看见一只鸟
衔来了一粒种子，它是在
开垦春天吗？河东的田地
极为密集，尤其金秋时节
除了络绎不绝的人影
便是倾尽十里的稻香
此时是早春，有一些新苗
从土里探出头来。我看见
它好奇的眼神里，开出了
一朵朵，淡黄的小花。一座村庄
一半在东，一半在西。在每天的
对望中，每个人的眼睛里
都有了，澄澈的河水

一朵云是另一朵忧伤

这一片云朵，太洁白了，如一小朵棉花
轻轻地盛开在，空旷的天上。此刻
一些蓝倾泻下来，成了大海，更少的一些
成为湖泊。我看见另一些，一点一点
流成溪水，行吟在曲折的
山脉里。我看见眼里囤积的蓝
在水面上，倒映出另一朵忧伤
这源于忏悔。是的，忏悔，对天空
对土地，对故乡。掏出这朵蓝
如掏出一朵烈焰，“看，它在燃烧……”
一个人的惊呼，让这朵火焰
在扑腾了几下之后，终于缓缓地
闭上了眼睛。此时，我坐在岸边
看水面的自己，静思己过，不言不语

秋菊帖

往事随风。在拐了一个弯后
又兜转了回来，此刻轻盈地落在
菊花上。是的，一朵菊花
在十月的风雨里，接住了
一些莫名的故事。故事源于行人
而与菊花无关。故事或悲或喜
也与一朵菊花的开谢，毫无关系
这无妄之灾，轻轻落下，在一朵
菊花的盛放中，鲜艳起来
且暗香盈盈。我看着它
看这些往事，几时消散
我看着它，看这些花朵
几时落下。黄昏了，等不及了
摘下一朵菊花，别在衣襟上
一朵妩媚的菊，不知是不是
因了往事的皴染，此刻竟多了
几分媚色，与香气

十月的天空

十月的天空下，群山莽莽
在山之一隅，寻一朵花
折一根草，或倚树而歌
看一只鸟，从山的这头
飞向山的那头。十月的天空下
篱前把酒，烹茶煮烟，做一回古人
在山之一隅，筑茅屋二三
植柳五六，荷月而归或者披霞而出
都是极惬意的事。十月的天空下
独对一片苍茫。在石上刻诗
或水上写字，那个驾鹤而去的人
不再回来了，那个驭云而去的人
也去而未归，且对上一局吧
在十月的天空下，莽苍如松
枯坐于山之一隅，风轻云淡，水波不兴

远望帖

坐着不动，单是看着就好
或者想象一朵白云
或者想象一朵云之上
一个白衣胜雪的女子
纺织天衣抑或云霞
或者不语，就着一层层
缭绕的烟圈，把身后的苍茫
及贫瘠，咽下去。或者丢了烟头吧
直起身来，目光笃定
把远方叠作一张白纸
揣进兜里。然后掸去
头上的灰尘，走进一片耕地
地中芳草鲜美，而你
笔直如玉米秆子
立在其中，望尽天涯

雨中帖

我在一场雨中，看到了
一个透明的黄昏。在一朵乌云之下
看到一只飞鸟，乘着寒风
渐行渐远。看到十二月
以一滴雨水的身份，压低了
一株枯黄的芳草。看到另一阵风
从一匹野马的眼里掠过
将草轻轻扶起。看到莽莽苍山
围作了一个，不大不小的圈
圈里有人出不去，圈外有人进不来
看到一块石头，低首，含眉
作女儿状，静静坐在溪边。一些水花
溅湿了她的衣裳
她笑而不语，只是回过头来
轻轻地，看了我一眼

十一月之后

亲爱的，十一月之后
谁以云为簪，插在风之髻上?
谁徒步月下，目睹了
一个肃杀的季节，在一个趔趄下
跌进了，冬天的怀抱?
一片片雪花，远从天上来
在途经贵阳之后，终于化作雨水
滋润一方。亲爱的，谁以一剂良方
治愈了老城的痼疾?在十二月
车来车往，人聚人散
我在鹿冲关张望了许久，看一朵游牧之云
浪迹四方。亲爱的，持盏高歌吧
以一襟酒气作序，今夜
我们不醉不归。亲爱的
水中的凉与花上的香
聚集在一起，诗意一下子弥漫开来
你听到了吗，十二月
在一声鸣笛的恍惚中
打破了，老城的宁静

用咳嗽惊醒冬天

用咳嗽惊醒冬天
的那个人，此刻匍匐在
时间之水里。一帆云影破浪而来
更有一轮落日，以余晖
沸腾了几朵浪花
在水上，有人在唱歌
有人在抚琴，有人浣发、濯足
有人于一阵清风里
目睹了，潮起与潮落
更有人拾起了螺蛳
吹响了上一个世纪
的回音。你听，花落的声音
是不是与花开的声音
一样动人？你听，那一声咳嗽
此刻垂挂在一株野草上
野草萋萋，野花芬芳
无人之夜里，几座山丘
笼罩在皎洁的
月光下。而他

独自垂首，仿佛忏悔。一滴清泪
跌进脸上那些起伏的沟壑里
让一些青葱岁月，仿佛
仿佛，逐渐死灰复燃

说书人

那个说书人，此刻端坐在
几星灯火里。其后是一座村庄
此刻消瘦如
一朵萎谢的花朵。其前啊
一条溪水左转再右转
最后拐进一座深山
不见了。他目不斜视
风雨不惊，一朵水花溅上岸来
濡湿了，这个沉寂的夜晚
他依然端坐着，仿佛这世间
发生的一切，都与他无关
现在，月亮爬上山头
云朵渐行渐远，这个说书人的
单薄的长衫，无力地晃动在
清凉的山风里。一块石头与他对峙
也在缄口不言，最后败下阵来
惨淡收场。可是他，这个沉默的
说书人，依旧无动于衷
他是在，等待什么吗？

家与人

我的父亲，一个疲于奔波的人
与许多同乡人一样
此刻远在他乡。我的弟弟
很早辍了学，先后辗转于
西藏、成都、东莞……最后
回到家乡，一事无成
我的母亲，是个纯正的布依人
从小成长在传统的
布依寨子里，一口流利的布依话
让人艳羡不已。而我
一个高不成低不就的男子
此刻耕种于，一片空旷的土地上
一些荒草萋萋如诗
一些禾苗欣欣向荣
一些云朵飘浮在
头顶上，我伸出双手
伸向蓝天，想要把其中一朵
摘下来。其结果如父亲妄图
衣锦还乡一样，其过程如

弟弟四处漂泊一样，飘忽
且不定。唯独母亲，这个
少数民族女子，偏安于
细雨和风里，说布依话，做针线活
或者安静地蹲在小溪边
用木槌拍打
待洗的衣服

再有一天花就开了

再有一天，花就开了
这些不甘于妥协的
小小精灵，此刻挣扎在
二月的清风里，亟待破土而出
有些云层压低了身子
天空借此低下头来
打量那些尚未蓊郁的
草木人生。一些阳光
落在草垛上，并给其侧的
一个小小的村庄披上了
一层金色的外衣。几处烟囱
升起了炊烟，我知道
再有一天，那些未归人
便回来了。还未归来的
一定因事耽误了，比如我的二哥
因为一场车祸，从此成为
一粒种子，种在他乡
他的花开的声音，我是听不到了
我是如此希望，他的草木人生

终有一天，会蔓延到
这个小小的草垛边
这个曾经捉迷藏的地方

秋意寒

借一场清风行吟
在深山里
如一朵云，流浪、流浪
再流浪……现在，石头还是那块石头
花朵，已不是从前的
那一朵了。现在，风冷，水凉
临水而居抑或倚石而坐
都是不易的。现在，秋意寒
秋意浓，秋意在一个人的背影里
没入
一片薄雾里。
谁在另一片薄雾里唱歌？
我看见，一只鸟
轻轻飞过
带来了，一阵薄凉的风。我席地而坐
看十月在十一月来临之前
如何
绝地反击？

村南村北

这座小小的村庄
坐落在县城一隅。被群山环绕
被一条溪水
分割成
村南和村北。村南的人耕田
村北的人种地。村南的人爱唱歌
村北的人，爱在露天的大坝上
聊一聊
家长，或者里短。在村北
有一片竹林，有一片
一望无际的平地。村南的人愿意蹚过溪水
在此放牛牧马，村南的人
还喜欢在此，与村北的人一起
棋牌一番
大战，几个回合。村北的人不说话
村北的人只是笑，朴素的笑呀
惊动了
整个人间

初夏之诗

不停奔跑的风
追赶着
天上的云朵。在此之前
天是空的，山是青的
一朵小小的浪花
拍打在，一小块
鹅卵石的脸上。鱼儿戏水
溅起微澜。一朵午荷
亭亭玉立在
一条溪水的清澈里。在清澈里
有苍茫，在苍茫里，那些倒影与烟波
是这个季节，最好的抒情
在六月，一只蜻蜓，蹁跹而来
蹁跹而去。带走的一抹荷香
是一首动人的歌
此刻正回荡在
无人的
小径上

黄昏记

一朵云在睡觉。我也是
在一座山坡上，在一片水声里
在一个日益消瘦的村庄
我看见一只鸟，在睡觉。此时
一把面容枯槁的沙子
被清风扬了起来，轻盈地洒落在
一片青葱的菜地上。我看见一只鸟
在啄食，在捉虫子，另一只鸟
在啄菜。我看见菜地间的缝隙
越来越小了，小到几乎
连一枚绣花针，也插不进去
我看见垒起的石头上布满了
苍苔，其中一块，带着不快
轻轻滑落，发泄着心中
那场郁积已久的
不小的风波。有个人在睡觉
我看到了，他睡在云朵之上
一双紧闭的眼睛，定然如村南
那口清澈的古井。井水漾出来
浸透了一个，云淡风轻的黄昏

山林记

拾起鸟鸣的人
一定是幸福的。在曲径上
通幽处芳草连天，落英处
一瓣精致的野花，轻盈地贴住
一声嘹亮的虫声。我由远及近
由远及近，看见一朵云
来了又去了，去了又来了
看见一座山林空旷如
一只无水的瓶子。在山林里
摘八月瓜，寻兰花草
或者循声而去，看一只鸟
如何觅食，如何养家糊口
有时吹一声口哨，听山林间
回荡着的，清脆的声音
有时就在薄雾中遁世
是的，遁世，以片刻之宁静
做一个闲人。更多时候在一截枯木上
折下干瘪的木耳。野生的木耳
是大自然的耳朵，以水浸透之后

它能够听见，世间最美的声音。彼时
那个拾起鸟鸣的人，在风烟以外
来兮归去，归去来兮

夜雨记

一个夜晚在一场雨中沦陷
在一场雨中支离破碎的
同时还有一片云朵，以及
一场迟来的风。目尽处
一座远山若隐若现，目之所及
我看见一垄芳草，此起彼伏的身影
看到一盏灯吐尽了最后一滴精血
最后在路之尽头，没入黑暗
不见踪影。看见一张报纸破了、碎了
紧紧地粘贴在，泥泞不堪的
马路上。在马路一隅，在那个
偏僻但是无雨的屋檐下，另一张报纸没湿
却如裹尸布般，严丝合缝地
裹住一具羸弱的躯体。看见雨中漫步的人
渐行渐远，看见一滴雨
拍在青石板上时，花开的刹那
“好美！是一朵水仙花，从天上
飘下来。是一只仙鹤，从云端
飞下来……”雨未停歇，风声渐紧

一道诗意的闪电，划过天际
惊动了几家灯火。唯有幽人独往来
与一把伞并肩在无人的巷陌里
不知来自哪里，不知去往何方

与一朵花对视

曾经走过的地方，现在杂草丛生
在那片土坡上，埋葬着一些时光、一些幻想
种下的誓言，也在云淡风轻的天空下
摧枯拉朽。一朵花开了，在一场清风里
轻轻地开，静静地开，在一丸落日的注视下
冷静地，看着我。如看一位陌生人
确实是陌生人，我来时花未开
甚至尚未被种下，若干年后花开了
谁也不认识谁，只是在一场静默无声的
对视中，揣摩着
彼此，不曾泄露的心事

归去来

捉春风，归去来。捞秋月，归去来
那个来兮归去的人，在一场刺梨花开的
浪漫里，结束了一天的行程
他倚树坐下，挨着花。他拼命嗅着
这一树花香。刺梨花开
粉蝶来去，他目睹了一只蝶的
归去来，接着又目睹了
一只蜜蜂的归去来。他坐下，不语
看一瓣刺梨花，如看家乡那
尚在襁褓中嗷嗷待哺的孩子
愈看愈欢喜，愈看愈觉得可爱
他忍不住伸出手去，打算将它摘下来
轻轻地贴在心口上。最后忍住了
最后他在想，摘下这朵花后
这棵朴实的树，是不是会心疼
许久，许久？

捉春风

捉住一绺春风，便心满意足了
小心翼翼地装进行囊里，让它随我一起
从这个小小的村庄，迁徙到另一个
陌生的城市。捉春风，在一个人的夜晚
将它放出来。它会陪我唱歌、跳舞、做游戏
会发出一绺绺，乡土的气息，让一颗浮躁的心
静下来。捉春风，捉住了便不会放开
就让我自私一回吧，不为了别的，仅仅是因为
春风承载着，故乡太多的岁月与往事。有时候
把春风放出来，仿佛自己乘风而去了
在故乡的山山水水间，来兮归去，归去来兮

洁白的云

你该知道的，一朵云的身后
是另一朵云。再其后，还是云
这一朵朵云，是天空的棉袄
是从广袤的大地上，采摘来的
一朵朵棉花。这一朵朵云
凝聚着诗意的洁白
在一声镰刀的呐喊里
颤抖着微弱的轻盈。你该知道的，一朵云的身后
是莽莽群山与无限苍茫。往前看是贵阳
向后转，目之尽处，一朵洁白的云，放牧在
安顺的头上。一只鸟衔来了春天的种子
并将它栽种于
另一朵云的洁白里。然而这一切
你应该
是
知道的

一粒马鸣

呼啸而来的风
呼啸而过。一声尖叫，刺破了这个夜晚的宁静
我听到了
一阵马鸣。我听到了
一粒马鸣，如一粒石子，落进一口
波澜不惊的古井里。我看到了
病毒一样扩散的涟漪
在井边，拎桶，打水
转轴一再转动，一根麻绳由上而下
连接着
井外的世界，与井底的风光。马厩之外
草木深沉，马厩之内，群马低吟
呼啸而过的风，带来了温润的马鸣
并沿着月色
将马鸣
倾泻下去。我不知道打上来的那桶水里
是否掺杂着，马鸣的余温。我只知道
这桶水，即将倒进马厩里的

水槽里

一群马一饮而下

一群马卧草而眠

外婆的断桥

断桥的桥没断
也没有残雪。十二月的断桥
在瑟瑟冷风中，颤抖不已

我所熟知的断桥，并不是桥
是一座乡镇，夹杂着
浓厚的乡村口音

是一处布依子女
花团锦簇的地方。我母亲出生在这里
我外婆生在这里，长在这里
如今老了，还在这里

外婆说，断桥的甘蔗可甜了
一如成亲时
交杯酒里，那杯酒的甜。外婆说这话时
差点流出泪来，我知道，她想起了外公

想起了这个

不成器但是她一生深爱着的
酒鬼。我的外公，一生与酒打交道的男人
几年前在一场酣醉里，一去不返

她是爱他的，我知道。平日里的絮絮叨叨
落地成断桥的甘蔗，如今蓊郁一片
在广袤的田地里，装点着
关于一个老妪的，幸福的生机

虚设的河流

在一月，在一片滴翠的叶子下
卷土重来。把一月分解开来
分解成一朵花，盛放在
那个残破的花盆里。分解成一只鸟
轻轻飞过高山的鸟，此刻驻足在
一户人家的阳台上，并不断张望
分解成一把椅子，安置于院坝最中央
等着一个暮色沉沉的老人
坐下，然后叹息。最好分解成一条河流
横在村子中间，让空闲的女子
浣衣，让活泼的孩子，游泳……一条虚设的河流
是一月的一截耻骨。这个缺水的地方
亟待哺乳。这个小小的村庄，坐落于
花江镇一隅，离贫瘠很近，离城镇很远
我在一月虚设的河流里，希冀另一条河流
从天而降，破空而来

第二辑

只有月光是多余的

小　城

蹚过柔软的灯光
夜色颠沛流离在
一座小城的眼睑深处

脚步趔趄于微风
独来独往的云朵
若无其事地打量小城的一切

小城是光阴含在口中的糖果
若干年前
是一个孩童守望中的城堡

小城是光阴远渡的云帆
有人在此尘埃落定
有人在此破浪乘风

就像镰刀弓着身子

就像镰刀弓着身子
今天的月亮
收割了一整夜的灯火

行囊向左，村庄往右
从今天开始
风的模样就是远方的形状

收拢一克拉的忧伤
兑取一盎司的星光
小城的夜色，沦陷于岑寂

沦陷于一行趔趄的步履
步履深浅不一
如忽明忽暗的灯光，映在村庄与小城之间

手　印

偶尔酗酒、牢骚，在这座小城
啤酒瓶空空如也
一如囊中羞涩的虚无

偶尔用月色印刷空旷
用空旷反衬孤独。更多时间伸直大拇指
在一间宛若蚁穴的空房间里
按下幸福的手印

有时候这样就寻到了幸福
更多时候尚在勾勒幸福的模样
在这座小城偏西
那个反刍光阴的人
掏空了某座嶙峋的村庄

——而他对此，毫无意识

凌晨三点零三分

年轻的水流，被慢慢放缓
在凌晨三点零三分
梦被拧干，被曝晒在
无比汹涌的月光之下

只有火车载着躁动不安的光阴走向远方
只有一间出租屋
被一张二〇〇六年的旧报纸包裹。彼时
一个青年酣眠在一朵梦想的花苞里

现在是二〇一六年，同样的凌晨三点零三分
被分裂成无数个碎片。其中一个
在狰狞的 WiFi 中不断挣扎，还有一个
同胡茬一起，刺破了一座小城的岑寂

我不断寻找我，打量我，埋葬我，涅槃我
今夜的出租屋无比巍峨，它上一刻是城堡
下一秒，就成了夺目的金字塔
我站在最顶端，俯视一座小城的前世今生

只有月光是多余的

书中的雪花，扑簌簌下来
覆盖了一盏预留的白炽灯
只有油烟凝结成河流，浩荡在
柴米油盐的日子里。此刻
风温柔地拂过窗扉，在窗帘的腮上
留下一抹殷红的唇印。也许
只有月光是多余的，它打马而过
带不来云上的星火，也带不走
屋中的光阴。只有月光是多余的
此刻，它是一只透明的杯子
里面是空空如也的光阴，此外
什么也没有。只有一个未归人
将村晚一啜而尽。此时，月光是多余的
多余得就像，在这座小城流浪已久的路灯

木城河

在一座小城虚度光阴：爬一座不高的山
在一棵枯死的树下等人
摘一片云朵，献作一朵野花的哈达

如果闲情足够，就往小城偏北
那里的木城河，不浩荡也不轻盈
它舒展双翼，以一只鸟的姿势起飞

小城偏北，在一面墙垛上寻访从前
战火被记忆雪藏
一位书生打马而过，用诗囊装下夜郎半壁风光

此时只宜在河边打盹闲谈。在这座小城
光阴被用来虚度
被用来拦截失足跌落的夕阳

背篓与小女孩

没入暮色的身影，比野花孤独
这个小女孩
我看见她身上的背篓
开出了细碎的小花

每一块砖头都是一朵小花
每一朵小花
都是一个细碎的日子。我看见她
拭了拭，额上的汗水

我看见她操着浓厚的布依口音
讨价谈价。在这个黄昏
她的马尾辫上
拴着一粒干瘪的夕阳

如麦粒一样干瘪的夕阳。我看见
她心满意足地走了
她走时春风浩荡
整个世界都在她的背篓里雀跃欢呼

野生的云

那些野生的云
嗷嗷待哺于城外。城中
云的归宿是
无尽的灯火与绵长的街道

扶云而上，斗破苍穹。我
这朵野生的蘑菇
带来了山野间淳朴的夏天
在这座祸福相依的小城安营扎寨

野生的云是我的孪生兄弟
它长着两个面孔
一个是天空的面孔
一个是大地的面孔

但其实它长着三个面孔
一个是村庄的面孔
一个是县城的面孔
还有一个，是我放养于人间的面孔

依旧飞

依旧飞。那只鸟受伤了
流血的翅膀
刺痛了云朵的泪腺。依旧飞
那只鸟用远方拭净泪水
沿着无垠的城墙
扶摇而上几万里

左翼拦着风，右翼挡着雨
那只受伤的鸟
拒绝哀鸣也拒绝跌落
它飞。如江水惊涛
拍碎人间嘈杂

飞的姿势仿佛上帝创世的样子
它体内爆发雷霆
沿喙而下。终于在星空尽处
啄破了一朵血色的星云

而它依旧飞。它飞出了
我在小城，奔跑的模样

小城映像

1

点击图标，打开小城
第一个链接，是一间温文尔雅的书店
店长是个美人，她有着
星星的眼睛，月亮的辫子
以及云朵的青衫

以此为据点。往前走
是农贸市场，这里人间万象
包括人与非人。往后走是党校
两排梧桐树挺立如兵
对着往来的飞鸟敬礼

左边是十字路口。据说此处肇事频繁
我总觉得有阴间使者
在此等候
那些签订契约、贩卖灵魂的人

往右走可以出城，可以进城
在这里我见到了
一座小城的慈悲。城门不拒任何人
如今城门消失了
换成了一座气定神闲的收费站

2

电视塔是下一个链接。在此攀高的人
早已不再是
年方十五的模样。在此攀高的人
把当年的懵懂、初恋与友情
全都埋葬在了这里

再来时依旧风轻云淡，只是风一吹
人已散，只有我
与当年那块毫不起眼的岩石几度攀谈

我与它，都试图从
彼此的目光中破译心事。最后同在
也无风雨也无晴的电视塔上
擦肩而过并重返各自的缄默

这是一座发射电波的坟茔
它可以激活岁月的账号。密码
重置于一个午后，我打开青春的页面
并对着返回键，重重地敲了下去

3

点击天书，却破译不了
壁上文字如斗大，同时也隐藏了
一个不为人知的天机

在此顾盼，听风听雨。一壁红岩上
那些触目惊心的红
是岁月治愈不了的伤口？

那殷红的往事，雕琢于远古
剥落的碎石撒了一地
被大地重新组合。这是一组暗码
切合某个猎奇者的想象

我乘鱼龙来。乘海百合来
在红岩天书的石壁上
化作一块通灵的仙石。若是
时机合适，我便破石而出

4

花草山河，都是链接。最后一个链接
在某个人的血脉里
此时，街道曲折如诗。我在
逼仄的巷陌，礼遇一盏昏黄的灯

末班车行经医院、学校、民房与店铺
行经近水、遥山、花鸟和虫鱼
我作为一个符号，被刻在窗玻璃上
公交被定格在，一座小城的记忆里

点开自己的链接，我发现每一个日子
都是一个章节。乡村题跋，小城作序
这本生活的书，被某个人无数次翻阅

点开链接才发现，自己的身体
就是一座城。那些街道、灯火
及一切，如此的熟悉，熟悉得
就像，我每日必需的柴米油盐

那些脉搏如此熟悉

一整条街的脉搏
我都感觉到了
街道的脉搏，就是人间的烟火
第一下脉搏是张姨娘家的炊火起了
接着是王二黑家
传来的几声犬吠。然后是打盹儿的声音
我知道，是李大爷坐在轮椅上看夕阳
不知不觉睡着了
我还知道，小淘气曾航摔破了一只碗
丫头吴小花和张蕾蕾、郝静
为谁先跳皮筋而赌气
……这条无比熟悉的街道
我去了又来、来了又去
它是这座小城的毛细血管，而我
是这座小城的白细胞

留　白

我几乎被眼前的一切所渲染
或者说，我即将
在这一声声绚烂的叫卖声里
开出神性的花苞

这鲜活的一方乾坤，人人都是造物主
那车、那人、那米粉
在此起彼伏的叫卖声中
识别彼此的口音

只有我闲伫在这里，无人识也无人知
我细细端详，意图
看尽这方天地之间
所有人与物的悲欢

只有我伫闲在这里，如一滴墨
落在这轴波诡云谲的丹青上
落下无痕，这时候我才知道
原来我只是农贸市场的一个留白

手　札

也可以这样：先把云捣碎
把夕阳取出来，然后熬成汁
涂抹在
每一个窗户空洞的伤口上

也可以这样：先这样走着
把步履遍撒大地，谁也不知道
其中的哪一粒
会率先捎来春天的手信

也可以将青春的手札，藏在
梦想的罐子里。里面
储满笑之花与泪之草
它们分庭抗礼，并且相敬如宾

还可以这样：走过每一条街道
用余光丈量一座小城的经纬
这里海拔挺高，有云贵高原的豪迈
也有北盘江水的邈远

飞鸟传

你不知道的是，这个小小的鸟笼
囚禁了很多飞鸟

那些被禁足的、未被禁足的
愿意的或者不愿意的
住在这里，相敬如宾

每一只飞鸟都有自己的故事
那只折翼的
那只摔伤的……它们
从彼此的目光中
解析彼此的秘密

并以此相互慰藉。在这个鸟笼里
我是新来的一只
我看着南来的北往的
也看着雀跃者失落者

我打开口音的双翼，在这个鸟笼轻轻地飞

月光是柔软的唇印

在高铁站，我仿佛长出了翅膀
这是李白的浪漫的翅膀
它由葡萄美酒和月光构成

它由山的巍峨和水的绵邈构成
它带着我飞
飞过一片云朵的
重重的喘息。也飞过一座城的狭隘与慈悲

我的翅膀是全天下最好的翅膀
它让高铁站有了神性的光泽

也让我
有了不可预知的远方。此时，月光是柔软的唇印

给县城的情书

你是唇齿间的柔软
是一片雪上
一朵梅瓣的嫣红。是溪水中的鱼鳞
割疼
二三水草的春心。彼时，我是一粒火
是蓝色的火
我掏出火
掏出蓝。掏出十万分之一的大海，嵌进你的眉心

彼时，我是春天的驿使。燕子啄来手信
我只许你一个人看

它不动夕阳就不动

风吹着，水不动
石头也不动，云朵也不动
山河也不动，草木也不动
逼仄的田坎也不动
泥土也不动。甘蔗立如兵
也不动。它目光笃定
如此澄澈。它不动
夕阳就不动，黄昏也不会
落下剧终的幕布。它不动时
整个断桥小镇都不动
我也不动。我与甘蔗
对峙于一个黄昏。它试图
解密我从县城带来的消息
我试图破译
它那纯粹的布依口音

荒诞记

他吹口哨
口哨中飞出鸟，他打响指
响指上开出花……他怀疑
这个世界是荒诞的
尤其这座具象的小城
于是他怀疑小城是
一个拴在牛背上的竹筐
而他是竹筐中的一粒麦子
“麦子即佛骨，佛骨即舍利”
他甚至怀疑他就是上帝
正被一头关岭牛
驮着走出城门

十字路口

将梦痕折叠在这里
在这里
数星辰、摘夕阳，听月亮磨刀霍霍
在这里
西去者何时休？南来者，谈笑无鸿儒
往来多白丁。在这里
公交车的胃里，有形色各异的人
有人一去不返
有人花落成蹊

在这里。灯深如梦，也无风雨也无晴

天很蓝

那时候，总觉得天很蓝
总觉得天很低
仿佛一伸手
就能够摸到，天空的脸

白云一朵朵，走来走去
这孩子般无邪的云朵
多么可爱。
多么像那时候
你摘给我的，那朵梨花

小欢喜

吻你时你是星星
拥抱时你是海洋
天空是一座巨大的城堡
你是大地的王妃，居住在里头

小姐，我是那块
沉默的顽石
当你途经我时
你还记得吗？

吻了你我的小姐
拥抱你了我的小姐
我这块沉默的石头
喷薄出王子的火花

小姐，现在我是一粒星辰
当你捧起我时
我的小欢喜呀
是你亲吻花朵时，那一片无尽的芬芳

另一种蓝色

当蓝色落下，云之裙摆上
那似曾相识的光阴
归来于哪一刻的宁静？

山如羊羔一样待哺
我缓缓归来
为记忆中的大海，泼墨挥毫

天空的蓝，大海的蓝
生命的颜色
是另一种蓝色

那么纯粹，那么美好。我的蓝色啊
是十万河山
聚积而来的一纸辽阔

鱼腥草

大地的居民很多
我只是其中之一
我卑微地活着
鱼腥草卑微地活着

蛰伏于地下。这大地的居民
比人们更亲近大地
它以曲折的姿势活着
我挺直了腰杆，还是摸不到天空的脸

味腥，微甘。鱼腥草的味道
和人生的味道差不多
在吃它的时候
总觉得是在分食自己

“人们比它更卑微”
当我说出这句话
我小心翼翼地环顾了四周
还好没有人听到

小人物

抽烟、酗酒、滥赌、奸猾
爱贪小便宜
不服老，喜欢同年轻人混在一起
当我写下这一切
一下子愣住了：笔下的这个人
是我的父亲？

是我的父亲。我的父亲
好面子，脾气暴躁
一大把年纪了还喜欢打扮自己
还专治各种不服
经常惹是生非

不爱卫生，为人懒惰，做事偷奸耍滑
看《武林风》中国选手赢时兴高采烈、张牙舞爪
输时垂头丧气、一言不发
呀，我的父亲
怎么会是这个样子

一起游黄果树大瀑布时

他随手扔下烟头的姿势

戳伤了一个文明社会的神经

也戳疼了我的内心：这个

祖国的小人物

我的伟大的父亲，真的老了

先于风

我先于风抵达这里
在黄昏熄灭之前
我收拢落叶、微云和夕晖

先于风忘记一切
这使得我面对一棵树时
有了久别重逢的从容

哦，香樟，我先于风
认出你
我叫出你的名字
却怎么也找不到你的影子

它早已被风带走了吗？
在光阴普照不到的地方
风吹叶落的样子，多么美好

夜很深

摸不到夜空的脸
只能从星辰空洞的眼神里
剥离出为伊憔悴的失眠

失眠之夜，草木凋零
挽不回一江流水
那便从桨声中
重寻那段鲜衣怒马的风流

花是低着头的神女
神女啊，你为什么不说话
你为什么不挽髻
为什么垂泪到天明？

为什么天可以那么空？
空得就像
一个没了酒的空瓶子
无人关心醉了的人在哪里
只有我，在夜深的时候
为一个还未发生的梦，画上了休止符

夜　坐

夜空像个麻袋。里面装满了
玉米、高粱
麦子、土豆和其他

这是个收获的季节。我坐着
思维像把镰刀
截断一茬又一茬的庄稼

犬吠也是动人的。淋漓的汗水
挥如雨下
浸透了一个村庄的耻骨

只有我静坐着。我从夜空这只麻袋里
收割出
现实中，从未有过的富足

坚　守

二〇〇四年，卷起了挖矿风
整村的人挖矿
十岁的我，也在挖矿

挖给冶炼厂。冶炼厂外堆满了矿渣
矿渣惊恐万分地看着我
我拭着汗水不停地张望

望着满身疮痍的群山。那些红色的泥土
就像，就像
山坡外翻的血与肉

人们不停地挖。大地挖空时
冶炼厂就搬走了
只剩下一地矿渣

多少年过去了，不敢再去看冶炼厂旧址
在那个挖空了的年代
人们为了活着，失去了太多坚守

守　望

宽或者窄，都不重要
重要的是
能洗澡、能浣衣、能垂钓……

其实，这些都不重要
重要的是
要足够清澈、要足够甘甜……

如果，如果
在夜深的时候，能听见
水声，该有多好

那流淌的光阴，那么美
那么好
那么倾心，那么动人

有这样一条河流，在干旱的时节
实在是
一种奢望

在这片贫瘠之地，更是一种奢望。河流啊
你流淌的样子
是我，来自童年的守望

唯　见

很久没这样了。在小径上
拈花、踏青
同往来的清风，颔首、致意

很久没这样了。泥土的芬芳，席卷而来
一颗泛白的露水
洗净，一颗深居城市的尘心

公交式的拥挤不见了。唯见
平旷的高原上
山是山的温柔乡，水是水的避风港

唯见，云朵眨巴眼睛
为一处
蓊郁的草木，轻轻转身

彼时，露水泛白，衣衫沾香
我一头扎进乡土
将自己种进乡愁

欲　眠

就此，睡下。窗外
夜凉如水，灯与火
缠绵于孤独，同样也
寂灭于孤独

微薄的，是蛙声。纱窗初透
一只无形的手，将稻香
移上星辰。星光也是香的
我闭目一嗅，一醉陶然

欲眠，未眠。侧身于床
见桌上微风翻书
疑有颜如玉与黄金屋
降临这个偏僻的孤村

有猫碰倒油灯。灯油淌了一地
一屋子黑暗突如其来
有人几声咳嗽，惊退了
那些蠢蠢欲动的月光

不远处

就在不远处，被月光收容的云朵
突然折身回来
在一座小小的山头，举目顾盼

它见到了什么？被放养的虫声
待哺的河流、号啕的灌木
还是一辆，被岁月锈蚀了的永久牌自行车？

我不知道。在不远处
停滞的黑鸟，也突然扑腾起来
卷起的风尘，不动地也不惊天

只有老槐一动不动。只有树上的那根绳子
一动不动。一如当年
我荡秋千的那个场景

风声紧

我早已过了将雨水比作天空之泪的年纪
彼时
风声渐紧
另一些凌乱的心事
也随雨声一样不期而遇

在这个黄昏
关岭一下子亲切起来
这座生活了四五年的城市
我终于感受到了和我一样的无奈与叹息

也感受到了这座城市的距离之近与生活之远
在雨声中
关岭有了前所未有的辽阔和孤独
我终于鼓足勇气
写下了几行关于它的诗歌

数　雨

我也可以这样：替一棵小草低头
在山雨欲来的时候
寻一处避风的岩穴坐下

雨未来的时候就听风
或者看那些云朵
渐行渐远的凌乱的黑

雨来了就接住。然后细细数：
一花开在春风里，二羊吃草平原上
三猪饱了睡大觉，四石入水如游鱼……

这样数着数着雨水就有了具象的形状
那些生命的、非生命的，被我一一接入手心
我看着它们，如同上帝看着我

云很轻

云很轻。我看见，云
轻得就像
你的名字

云很轻的样子
是爱情很远的样子
云渐行渐远
天越来越空

空得只剩下，你的名字

这就是爱

当我写下这个字
一下子霸气凌人
羸弱丢盔弃甲
就连辽阔的孤独
也有了溃不成军的表象

当我写下第一笔
一下子成了一个大写之人
十万江山如画多娇
抵不过我一指轻弹

直至第十笔，光阴偃旗息鼓
我出入唐宫汉阙
更挽弯弓
射崩百余年前的那个世纪之耻

当我写完这个字才发现
我依旧羸弱无能

所有霸气一泻千里

我甘做你的俘虏

被你囚禁：前生、今生、来生

质　疑

我侄女是世上最幸福的人
她要风得蛋糕风
要雨得糖果雨
如果想要一座冰淇淋的城堡
她爸爸给不了
我也会想尽办法给她

我侄女是世上最幸福的人
因为父母离异
她可能因此不会遇上
一个歹毒的、冷漠的、无情的
甚至不知爱是何物的母亲
也有可能正好相反

我侄女是世上最幸福的人
她爸爸和我给了她一切
但真的
是
一切吗?

第三辑

第十二堆草垛

洗衣声

野火，勾勒出
乡村的轮廓
而六月，在一枝翠绿上燃烧

黄昏在夕阳的一声哀叹里
落下了帷幕。炊烟袅袅如绸缎
而长河如眸子

如你的眸子。噢，母亲
溪水边
我还在寻觅，那一槌槌
破碎的、动人的，洗衣声

母亲啊
我寻了好久，好久

薄　暮

现在是薄暮
吹弹可破的云朵
从天上
走过人间

一阵风银铃似的
惊动了溪水
九曲的光阴啊
在远方
渐行渐远

渐行渐远的
还有
一丸落日的
乡
愁

九天母石

内蕴灵奇。我看见
这一块石头
劈出了闪电

石头的缝隙，有日月之光泽
石头更深处
大山巍峨于，仡佬人的注目中

面石而坐
听洪渡河
惊涛拍岸

什么都没有发生。在仡佬之源
又似乎
什么都，发生了

桃符村

沧桑扑面而来，岁月从青石板上觉醒
更多的店铺
开阖着古朴的眼睑
与一朵云的飘忽擦肩而过

我隐身。观望于一泓泉水的清冽
酒楼的小酒窝，隐现于山下。而街道
趔趄于足下
绵长于时光

是了，我一饮而尽
用一杯酒打动河山
用一次回眸
勾起桃符的百转柔肠

也把心灵铭刻在牌坊上
那一片纹理中
我真的触摸到了
惊心的敬畏，与圣洁的执着

如此云朵

闪烁其词的云朵剑走偏锋
另一片云朵
放逐待哺的羊羔

白云松动的骨骼，有蓝色的火焰在沸腾
有一千尺眸光
微漾在云间流淌的月光里

在此隔水相望，白云白，青山青
一只鸟飞过的高度
就是世界的高度

世界在云朵脚下。云朵出其不意
一个转身之后
把辽阔留给了天空

第十二堆草垛

我会一直数
从一数到二
从你数到我

从雨数到风
从春数到秋
数一座村庄的年轮
也数一条溪水的曲折

数一个老汉遗失的烟头
或者一个老妪缝补的夜晚

我会一直数
数到第十二堆草垛
这个小小的草垛底下
住着一个年轻人

那是我从未
走出大山的二哥

无声的杀伐

他抡起斧子
又放了下来

他坐下，抽烟
缭绕的烟圈，喂饱了他的孤独

他时常被惊醒
甚至尖叫于，某个平静的夜晚

他说，梦是一罐腌制的腊肉
只有节日的时候，才拿出来吃一点

现在，他是这座山上
一朵可有可无的蘑菇

而他正在伐树
这个可有可无的男人，正在杀戮一片树林

无声的杀伐

一点也不血腥

他常常失眠于
内心的救赎

因为鱼

所以，我拒绝孤独
拒绝初见
也拒绝重逢

拒绝从风走过的地方再次走过
拒绝一个水泡
既透明，又易碎

因为鱼
我拒绝用一秒记住一个人
然后用六秒
来遗忘

所以我拒绝离开这个
不用记住
也不用遗忘的
小小的村庄

当风吹过来

当风吹过来
一些柿子
不动声色

一些柿子压在秋天上
压疼了
某叶零落的黄昏

当风吹过来
摇曳的村庄
咯出一口血

没有人发现这个迹象
没有人发现
这一座村庄，生病许久了

虚构一些蓝

也许就这样
把自己留在黄昏
留在一朵云下
看另一朵云渐行渐远

也许就这样
让光阴像春天一样盛放
比如一瓣一瓣开
又一瓣一瓣开

也许就这样
虚构了河流，也虚构了大海
但有一些蓝
怎么也虚构不了

所以就这样
把另一个自己
锁在镜子里。让他释放出
一生的邪念与孤独

白云的耳朵

从前，谜一样的耳朵
万物都有

白云的耳朵，长在天空上
天空那么蓝，白云那么白

白云听见星辰的嘶鸣
听见一座黑森林，在夕阳的眸光里游泳

小小的白云，圣洁的白云
无瑕的白云，亲爱的白云

我的白云在唱歌
用耳朵唱出大地的辽阔

我的白云在唱歌
它的耳朵里，蛰伏着一个病危的村庄

一粒麦子

我怎么也追赶不上
一粒麦子里的，秋天的火车

擦亮一束星光，麦子圣洁如雪
但它的金黄，是夜间最明亮的玛瑙

麦子上，风霜刀子一般
割疼了这片辽阔的山野

田野是没有尽头的大海
一粒麦子在忘我地漂泊

镰刀老了，钝了，不再锋利了
稀疏的牙齿，嚼不动麦子的时光

只有一双手，抻上了田坎
只有一双手，父亲一样，抚摸它

然后，掐断它。一粒麦子

死于今夜，但在麻袋中复生

它泪如泉涌，它仿佛见到了
更多的，自己的前世与今生

旧月光

这一次，我将远行——

走在草尖上，我是一粒萤火
走在麦穗上，我是一把镰刀

山坡为行囊，流水为包袱
远行，是一场内心的放逐

以一钱月光，买了一两酒
微醺的夜晚，跌入池塘里

线装书的月光，老了的月光
斑驳的月光，旧了的月光

我的小羊羔啊旧月光
你摩挲的岁月，是村庄的胡茬

折叠旧月光，揣在荷包里

走在县城里，我是一只羊

走在大厦前，我是一粒土

这一次，我再次远行——

天书记

面对天书，我陷入沉思
这斗大的红，究竟有多红？

是樱桃红？月季红？
桃花红？抑或玫瑰红？

这斗大的红，红透了半壁山
这触目的红，红遍了半天云

这红，是女儿红的红
醉了江山，醉了君臣和百姓

这红，是胭脂红的红
中有幽魂一枚，来自前朝美人

这惊心的红，这黯淡的红
这谜一样的红，斑驳了一个县城的历史

也斑驳了一座村庄的往事

我拿出烟斗，磕了一下石壁

一些红落下来，如一位皇帝
滴落的，落魄的泪花

搬砖记

我看见一个孩子在搬砖
背篼那么大，孩子那么小

一个乡下走来的孩子
一朵乡下生长的野花

背井离乡的孩子
无家可依的孩子

平时汲取知识的孩子
周末贩卖体力的孩子

一块砖一毛钱，这廉价的苦累
蒸发了孩子身上的汗水

这时候的孩子的梦想
也许只是一枚小小的创可贴

贴住他隐忍很久的泪水
不让它河水一样流出来

南瓜花

南瓜花的春天，开在田埂上
南瓜花的花房，火一样燃烧

与南瓜花对视时，我是一只嗡嗡的蜜蜂
我采走花粉、花露，采走时光和青春

慈眉的南瓜花，善目的南瓜花
咧着嘴巴笑的，温柔的南瓜花

你为什么不恨我？你这小傻瓜
你这乡野间的，质朴的春姑娘

此去四五里

此去四五里，山坡三五成群
连绵成望不到尽头的地平线

此去四五里，水更温柔了
流动的、澄澈的河水
皎洁的，天上泻下的月光

此去四五里，镇上灯火通明
一个小镇的繁华
是一个村庄又一个村庄的悲伤

此去四五里，月亮特别大
月亮的秀发垂下来
打湿了一片云朵的眼睑

此去四五里，县城还很远
行囊瘦瘦的，如嶙峋的光阴

此去四五里，一朵小野菊

举着小喇叭，吹一声山野的辽阔

吹一个少年的迷茫和远方

春日记

是哪一天结束的我不知道
春天叽叽喳喳，转眼就不见了

春天的眼睑里，有麻雀的窝
小麻雀，喳喳喳，衔些枝叶搭个家

春天的小酒窝，一个个开放
桃花啊，小美人，舞个霓裳好不好？

春天的嗓音耕种于云上
早上播了种，下午呀
就长出了一粒，多汁的夕阳

春天的步子轻又盈
像一地玉米，偷偷吐了穗
像一田南瓜，悄悄开了花

那一年，你二八

那一年，你二八
低眉的春风
从你的发梢拂过
带着青春的火焰

那一年，月如雪
你粉嫩的脖颈
如一截莲藕
横斜在流云的流水声里

那一年，月满天
燕子剪开夜晚
吹箫的星辰
在二十四桥春暖花开

那一年，夜如歌
一个少年趔趄在
你微漾的眸光里
在你的名字上栖居

飞鱼传

会飞的鱼打碎了星光的碎银
会飞的鱼摘下了云朵的棉袄

鱼尾扫过春天，桃花尖叫一片
鱼鳞划过秋天，枫林满身殷红

鱼是这条小溪的眼睛
是这座小小村庄的无名氏

鱼的心头藏着一个天大的秘密
它不告诉任何人，包括它自己

飞上九天时，鱼的翅膀开成两朵花
一朵叫月亮，一朵叫太阳

吻　痕

白云是天空的吻痕
桃花是春天的吻痕

山坡是大地的吻痕
游鱼是流水的吻痕

繁星是夜晚的吻痕
夜灯是梦境的吻痕

羊羔是草坪的吻痕
牛鸣是田埂的吻痕

玉米是乡野的吻痕
驴粪蛋子是庄稼的吻痕

我是村庄的吻痕，是这座小小县城里
带有布依方言的，芬芳的泪滴

初春帖

曲折的时光不再通幽
并于一朵水花上安营扎寨

这时候，这条流水是
春天的绿皮火车
在运输桃花的途中，停在了枝头

这时候，这座山丘是
春天的魔法师，让一丛又一丛
一片又一片的小草
踮起了绿绿的脚尖

这时候，这座村庄是
穿在我身上的小棉袄
风阿姨来了，又灰溜溜地走了
雨大叔来了，也气呼呼地走了

这时候，一个欢喜的水泡

是这条流水的纸飞机

水泡逃离水面，在天空

画出了一朵白云的梦想

春欲晚

在伍家坟，锈蚀的月光
掉下来
渲染了一个如水的夜晚

身体的零件生了锈
动作亦迟缓如
寂寞空庭春欲晚的，那只飞过的麻雀

盐分充足的方言洒落一地
在这个嶙峋的村庄
流水和鹅卵石，擦出蓝色的火花

只有几个布依人
陷入——
彼此醉人的对望

只有一位老妪
用耳朵——
诞下了一河微漾的洗衣声

外婆说

这一只罐子
盛满了月光

方言在流淌
信仰在燃烧

也许梦是真的
泪水埋伏于深夜

星光可以腌制
也可以折叠于炉灶

在玉米棒子上跋涉三千里
每一粒都是一个春秋

外婆说，断桥不是桥
是一个风雨飘摇的小镇

是一截甜美的甘蔗

是铜锣声中跳跃的四月八

外婆说，每个人都是
地下生长的紫薯和红薯

被这片土地所养育
最终又反哺于土地

冥想帖

无力拒绝，只能顺从
行走在夜晚的隧道里
那些星辰
针芒一样落下
那些漆黑，云朵一样洁白
偶尔有闪电
从时空的缝隙生长出来
不但开了花
还结出了惊雷的果实
驱走黎明，击落蔚蓝
在这个夜晚
所有孤独都是无效的
欢喜也是无效的
躺在草垛上
把自己躺成麦子或者稻子
每一口呼吸都那么芬芳
仿佛自己
真的从田地里长了出来

哑默记

我哑默
把自己封藏于夜色之茧
我不抽丝
也不吐丝
只是把明月
啖成可口的荔枝
也偷渡于田野
但拒绝被捕
更拒绝遣返
如果麦之国度需要一个国师
我愿意
愿意竭尽全力
做一粒忠诚的麦子
愿意让麦香
破茧而出
羽化成一座村庄的蝴蝶

请

请轻手轻脚
不要惊动酣睡的小草

请微笑
每一朵小花
都是春姑娘的吻痕

请轻松一点
在溪水的围裙上
卸下浮躁的马达

也请爱
用心爱
用生命
爱这片土地上的一切

爱啊
让瘦弱的村庄
重新满血康复

星八克

霍俊明的星光
来自童年的仰望

我的星光不一样
我的星光
来自外婆的村庄

同样有八克
但我的
和霍俊明的，明显有所不同

我的一克
等于他的八克
我的星光
约等于他的月光

我的星光如河流
八克的河流
喂饱了
一座村庄的孤独和贫穷

盗墓记

天空是一座巨大的墓穴
我盗墓
盗走打开月光的钥匙
盗走，浸满水银的星辰

大地是墓穴。我盗墓
盗走惊声尖叫的瀑布
柔情似水的河流，以及
安之若素的，沉睡的土丘

村庄是墓穴。我盗墓
盗走日渐兴隆的贫穷
愈演愈烈的衰老，盗走
若有若无的，辽阔的空虚

身体也是墓穴。我盗墓
盗走那些生锈的血肉
盗走那些迟钝的目光
也盗走，一些生与死的循环

花未眠

不睡觉，只独处于
一朵花的清香之中

也不对视，更不闲谈
只需要用星光折叠出
一个村庄的哑默，便足以
抵抗任何孤独

时光摩挲的事物
都斑驳于墙角。请原谅
一个未眠之人身前的
一朵未眠之花

花房深处，那些包裹往事的花粉
在幽静的月光下拒绝受精

我的老屋睡着了

我的老屋
在村庄的襁褓里

睡着了
我的老屋安静如孩子

这些年冷落了的老屋，睡着了
曾给我托梦
说自己即将坍塌的老屋
睡着了

曾住过鸡鸭、牛马和我的老屋睡着了
在我离开之前
它便昏昏欲睡
我离开没多久
它眼睛一闭，就没睁开过

我的老屋说睡着就睡着了

迅速得

我没能看上它

最后一眼

那堵墙

那堵墙独立夕阳下
静看草木深
那堵墙一定是因为年代久远
连自己的名字也记不住了
连自己的身份也忘记了
是城墙还是一堵普普通通的墙没有人知道
唯一知道的是
那堵墙一直立在那里
目睹了几代人的兴衰
以及一个村子的灭亡

一切从简

最初很近很近
后来很远很远
从一列疾行的火车上
我分明看到了一座城市
与一个村庄的短兵相接

那个远行的人渐行渐远了
在他大包小包的包袱里
一些放得下的
与一些放不下的
都被整整齐齐地叠在了里面

叠在心上
叠在包袱里
那些山长水阔此刻都成了
从简的忧伤
细小又绵长

晃动的记忆

握不住的时间终于塌陷了
一双手此刻两手空空
一双手
此刻无力地垂着

眼睛也捕捉不了什么了
眼里一片浑浊
此刻阖上了眼睛
就是把天上那盏月亮熄灭了

那个追星星的人也停下了脚步
一起去看流星雨的人
也在垂垂老矣的时光里
渐渐老了

“老了呀，老了好。老了，就不会远走天涯了。”
一双浑浊的眼睛里
此刻清澈起来
有了明亮的火焰与月光

绣光阴

不只是一只兔子，还有一只鸡
一条狗
还有一只猫，此刻正小憩在房梁上

不只是一垄豆荚，还有一篱菊花
一亩青菜
以及一院子花香

可以品茗，可以种花。可以月下吟诗
花间起舞
可以煮一壶月色，烹半盏光阴

或画一树瘦梅。在傲雪红梅下
与谁轻叹一句
赏心只有两三枝？

小小芦花

沉溺得
太久了。星星、月亮和白云
此刻铺排在
波澜不惊的
天空上。此刻湖水平静
且晶莹。一只鸟儿飞过
如一枚落叶
轻轻地落下
我看见一枝芦苇
沉溺得太久了。此刻静静地在水一方
用一朵小小的芦花
表达着，那些细小的、闪烁不定的
难以捉摸的，不满

十一月

十月走了
十一月如约而至
萧瑟的清风卷起了秋色
也卷起了
一枚落叶的凄凉。在这个季节
是不宜
谈论忧伤的。在这个季节
一个好天气
如一首好诗、一声惊叹
抑或一句真心话。十一月风雨大作
电闪雷鸣，窗外青山
历历可见，一些青入眼成春
一些黄在翩然落下后
结痂成
一朵小小的忧伤。在这个季节
一盏灯明明灭灭
一轮明月大如盘
此刻倒扣在，波澜不惊的
天空上

芦苇之诗

流连于一场花事
在一场清风里
扣弦而歌
抑或不醉不归。现在，我是流水
围山而来
绕山而去
现在，明月是一盏甘洌之酒
一沾即醉。我抿了一口
并用胜雪的衣襟
轻轻拭去了
一朵小小的
芦苇的忧伤

落日之诗

一枚落日
躺在掌心。我感受到了
轻微的跳动
这是天空的心脏的跳动
是一次
诗意的律动。我感受到了
温暖，这天空的体温
原来并非如
想象中那般
灼热。这枚小小的落日
不在西山上
不在微云上
它躺在掌心
如一枚剥了纸的糖果
我差点忍不住
一口气
把它
吞下去

日记之一

我从未发现，月亮竟如此之圆
圆得就像
一粒葡萄

爷爷临终前，递给我的葡萄
我没舍得吃

十三年后的今天，我想吃
却再也没有了

月亮啊，你为什么那么圆
又为什么
那么远呢？

日记之五

面对青山，泼墨挥毫
遇见李白时，云是悠悠的
不见鹤也不见仙人
只见李白，抽刀断水

遇见李白时，落日微茫
我斟尽一杯酒，递给眼前人
李白一掌劈碎酒杯
而后绝尘而去

日记之六

在这个失声的夜晚，所有石头都是缄默的
一个烟头戳疼了一条溪水的宁静
一盏灯火流放了一座村庄的祥和

在凌晨一点一分零一秒，争分夺秒的星辰
隐于洁白如薄纱的月光。只有我
这朵失眠的流云，踱步于一座山与另一座山之间

青山依旧，但看不见青青如许。那双抚摸流年的手掌
褶皱成了万丈深渊，有人跳了下去
有人徘徊不已。有人对酒当歌，有人抽刀断水

日记之七

夕阳酿酒，流云作盏。且浮一大白
同十万樱花一起，醉倒在春天怀抱

黄昏折戟沉沙于河流，河流的对岸
解甲归田的，是蝴蝶三千与春燕五百

做一回古人，偶尔吟吟诗，饮饮酒
或者西楼独上，望尽天涯路

最好骑云而去，驾鹤归来。一声惊雷四起
我见李白与杜甫，在夕阳西下处重出江湖

日记之十一

前所未有的辽阔，被一只麻袋装满
彼时，山坡如羊羔，待哺于深夜

没有人来自桃源，但在这一刻
缤纷的落英，雪花一样飘舞

那么独酌吧。辽阔的孤独，被一饮而下
更辽阔的，被失声的夜晚掩埋

如果醉了可以忘记今生，来生
必做一介酒客，与君痛饮千盅

日记之十二

山坡是倒扣在大地的酒盅，那个醉了的人
正小憩于竹林，与蛱蝶梦中翩飞

如果梦回前朝，就回到魏晋南北朝吧
七贤是句读，我做诗词的韵脚也挺好

醉时大书狂草，醒时，天子来了
也闭上眼睛，假寐一个下午甚至一个世纪

然后化身为老松，闲鹤来时点点头
仙人来时，谈一场虚无的造化也挺好

第四辑

风车坐在云朵上

风微凉

不要太迅猛
要轻轻地、缓缓地
要若无其事地，甚至是不经意地
要慢一点
要很温柔地，吹皱一池春水
离开一座村庄时
要不急、不躁，不缓、不慢
也不要回头
我怕你一回头
就舍不得离开

玉米粒

这一粒粒金黄的牙齿
啃噬着关于
这一片土地的忧伤
这一粒粒，可人的、可爱的
朴实的、敦厚的、无私的
善良的，甘于奉献的
金灿灿的牙齿
啃噬着关于
一代又一代人的欢乐与苦难
这一排排金黄的牙齿
唐诗似的
押韵、对偶
我读出了夜来风雨声
也读出了
一个村庄的花落知多少

小草，或侄女

这个孩子
已经两岁了，她天真、活泼
有一点任性，还有点小脾气
但就是这么一个孩子
让我感受到了
前所未有的孤独
她用石头堆出了金色的城堡
她跳起来，想要跳出这个世界
双脚落地，我心悲凉
一声欢笑，我心忧伤
夜深的时候，她总是抱紧我
她让我唱歌
唱“像块宝，像根草”
她小草一样瑟缩于
我深邃的眼睑里
我抱紧她
仿佛想要融化，她那旷日持久的孤独

曾经沧海

不能停止怀念
只能从中
萃取出岁月的盐分
“太单薄了啊”
我指的是日子
那悲伤的、欢喜的
疼痛的、柔软的日子
那青涩的、激扬的
最终归于平淡的日子
把日子穿成一条链子
那个手持念珠的人
谁也不知道
他也曾有过啊
那难以为水的曾经沧海

虫　子

那一次
我感受到了生命的厚重
一只绿色的
透明的、近乎微尘的虫子
驻足于衣袖上
不曾意识到自己停留的地方
其实危机四伏
我也只是不经意地掸了掸
等意识到了什么
再往衣袖一看时
虫子早已不见了
我焦急啊，不安啊，惶恐啊
弯下身来寻了许久
还是没找到
顿时心生悲凉
悲凉起自于
我与这只虫子一样
如此近乎微尘

人间苍凉如水

我爱这苍凉如水的人间
爱一扇虚掩之门
爱一枚既陌生又熟悉的野榛果
爱一声蛙鸣后
摇摇晃晃的山村

我爱一星灯火如豆
爱竹篱笆下
一条生于土地死于土地的蚯蚓
爱那不肯低头的马匹
也爱坟墓一样
埋葬了夜晚的小小山丘

我爱
爱大街上走过的每一个人
爱每一个
苦难的、欢乐的日子
爱一双苍老的手
抚过一个孩子的二八芳华

我爱
爱啊
也爱母亲纳鞋时
那双情窦初开的眼睛

村　居

我大喊一声
无人回应
再喊一声，还是如此
我走走、停停，吟吟、唱唱
我哭，然后笑
悲，然后喜

我打猎
猎兔子也猎野鸡
我爬树
桃、李、梨、松
杏、椿、柏、桦
还有梧桐、海棠、柿子树……

走在田坎上，我寻找鱼腥草
或者野芹菜
鹰带走了云朵
太阳
在另一座山峰上

不远处

炊烟渐起，牛羊归家

一只鸟盘旋天上

久久鸣叫

无人回应

子夜书

隔着玻璃，我感觉到了
月光的柔软
窗外是寂静的
窗外的夜空
星光如灯光一般妩媚

而我在等待
等待一朵花开
一朵小小的铃兰花啊
欲言又止的表情
甚是可爱

而我在远望，望见——
山那么高大，那么苍翠
又那么孤独
山上面的云朵
那么洁白，那么柔软
又那么寂静

——远方啊，仿佛一截
从指尖上
轻轻滑落的月光

照镜子

我不动
他也不动
坐立不安的手指敲打着琴键
我不开口
他也不把声音吐出来

我开始躁动、孤独并且胆怯
我低下头
用余光打量了一下
他面无表情
他仿佛在等待
我的落败以及落荒而逃

我冷笑
我不会遂了他的意
我的睫毛上落满了月光
如霜
也如冰

但我就是不动
这是一场战役
谁动了
那么谁就输了

上　钩

她在勾引我
用妩媚的月光、挑逗的星光
魅惑的灯光
未果后，用冷峻的河水
严肃的海水
以及小家碧玉的溪水

现在，她用花朵的唇香
云朵的发香，青草的体香
用蝴蝶也用蜻蜓，用春天也用夏天
她用一盎司的风情
兑换了一克拉的蓝

——然后勾引我
——我上钩了

风车坐在云朵上

“亲爱的
你的天空是什么样子？”

“我的天空啊
有很多云朵

可以用一勺子蓝
泼墨一千朵白

有一架风车
坐在云朵上

它不停地吹啊
不停地吹啊

把黄昏吹成夜晚
把夕阳吹作明月

还有一些小兔子

追赶着几尾会飞的鱼

有大海
蔚蓝的大海

有沙滩
沙滩上有贝壳和海螺

有礁石
有珊瑚

有椰风
有桫椤

海边有间屋
住着两个人

一个人是你
一个人是我”

闪电之虚构

一道闪电
倏忽而过，仿佛未曾发生
却又真实地发生过

一道闪电
途经了天空、白云，在一棵
孤独的树的头顶，哧溜一声划过
随即彻底消失

然后来到了这里。一道闪电不期而至
让外公浑浊的眼睛
瞬间明亮了一下

雨来了，闪电不见了
外公向外张望了许久，只听见一声惊雷
把闪电
吓跑了

鸟鸣是一把小提琴

空灵的雨声发了芽
长出了嫩绿的叶子

鸟鸣也是。也发了芽
也长出了雨声一样，嫩绿的叶子

雨声打破寂静，鸟鸣啊
让整个山林，更加幽静了

雨声清澈如溪水，潺潺流过光阴
鸟鸣是一把小提琴，是天空——

遗落在人间的
一朵无邪的云

飞呀飞

有一段时间，以为自己是只鸟
以为自己会飞
所以对天上的云朵
与蔚蓝，分外眷念

有一段时间
感觉自己真的长出了翅膀
那翅膀
——在扑腾，在欢呼

而实际上
我的翅膀，只属于文字

比如今夜，我从一行文字中起飞
倏忽间
落在了另一行文字上

樱花帖

我看见樱花
正热烈地燃烧着
在春之火焰里，十万樱花齐放
谁能够摘下其中一朵
送给那个
打马而过的人？

我发现其中一朵
悠闲地飘零着
我看见另一朵
星辰一样，飘浮在
璀璨的夜空

十万樱花席卷而来
天更空了地更阔了
满城花香溪水一样云淡风轻
在此城一隅
樱花落处，草长莺飞

在此城另一隅
青灯如豆，花色如诗
一位不知名姓的老者
在一个转身后
与一朵樱花，擦肩而过

朵云传

一朵云伸出双手
掏出了自己的火

一朵云有了骨骼
甚至冰肌日益如雪

一朵云飘于世外浮于水上
此刻踱步山间，与烟缭绕

一朵云停了下来，用一双明眸
打量，身下的一座村庄

一朵云醉于草垛以外
杯酒之间，风过无痕

一朵云甚至忘了自己
曾以云的身份洁白过

骨灰盒

我把自己打碎，然后重新组合
春天的马蹄声，踏破了天上的云朵
此时的月亮啊，骨灰盒一样落下来
并落入江中，顺流千里之外

此时的我，是江上的骨灰盒
是骨灰盒上的，不太规则的纹理
两岸青山纷沓而来，他们全都在我的身后

母亲说，山后面的山
是她的后花园。白云深处的河流
是她在一九九四年，从天上扯下来的一匹月光

母亲还说，我是她的一截耻骨
是她留在人间的，唯一引以为傲的东西

母亲不知道，我是她留在人间的骨灰盒
她走了以后，我的身体
装着她的耻骨，继续行走在人间

与村庄书

这一次我与你同在
与你在一场风的悸动里
寻出落日的苍凉。这一次云更远了
较上一次相比，此次的云
倒映着天空的蓝，而天空
仿佛大海一样辽阔

这一次你不说话
你看着前方，如看着另一个自己
我知道你是热烈的
仿佛亟待喷薄的火山
但你选择了隐忍。我知道
这一次，我真的在劫难逃了

那就不走了，不离开了
就老在这里死在这里吧
在你的怀抱的，那堆草垛如鸟巢
我如一只倦鸟，离去了这么久
这一次，总该尘埃落定了

侠客一样的风

侠客一样的风
步行于一条老街

夜色是浓烈的酒
而月亮，是悬挂在天上的
一盘可口的牦牛肉

该大快朵颐了，侠客一样的风
大碗喝酒，大口吃肉
微醺的喘息里
快意着江湖的恩仇

从腰间拔出刀来
手起刀落的，是一场风
在一番恣意后，侠客一样
见血封喉了，一截枯朽的树枝

市北路

市北路以北
夜，黑了
一条老街曲曲折折
从南至北，仿佛一个冬天
与一个春天的距离

行人的脚步声
在灯光下匍匐
一只飞来的倦鸟
才刚刚驻足
便又飞走了

只有月亮
花朵一样枯萎于天上
四月的夜晚凉如水
四月的市北路
是中国在贵州大地上
发出的一声
轻轻的叹息

纸上的村庄

你用一张皱巴巴的白纸比喻村庄
然后使劲揉，使劲拧
以此听出池塘、小溪及井水
发出的微漾的声音

你在纸上绘制河山
南面的是乌鸡岭，北面的是董门坡
高一些的是杨家大坝
矮一点的，是曾家涡氹

你还画了花：红的、紫的、白的
花之上天蓝云白
花之下鸡鸭成群。不远处有犬吠
正警惕于一位路过的行人

你还画了另一个自己。你不知孤独为何物
只是一个人安静地走在小路上
草木眨巴着星星的眼睛
拥抱天空的石头

打量着天边，那朵不知名的云彩

纸上的村庄灯火阑珊
纸上的村庄
在溪水之上倒映出
一张嶙峋而饱满的脸

倦鸟

从天空掏出云朵
从云朵掏出你
你是一团火焰
沸腾于四合的暮色

你不应该唱歌
你应该坐下来
或驻足于此处
看大树的内部
汹涌着的年轮

或在月亮上筑巢
以从时间里掏出的太阳为被子
以星辰为枕，河流为床
小憩在方圆一光年的空间里

然后闭上眼睛
“倦啊，倦啊——”你又倏地睁开眼睛

从眸光里抖出几星渔火后

云帆一样

泊向邈远的梦乡

我应该桂树一样

仅存的清醒，被风声吞没
我应该桂树一样，坐在时间的反面
用浑浊的余光，打量
九月的不知所措，与一脸迷茫

我必须坐着不动，山一样
静听细水流长。今夜的天空
躺着一朵白云，今夜的月亮
是倦鸟从喉咙里掏出的
一粒透明的乡音

灯火一再明灭，村庄老去多时
我必须静下心来，接受一切悲伤

树下，花落。一身的香气
让九月朦胧起来
让九月更寂寥、更空旷了
我接住一朵桂花：细碎、淡黄……
晚风轻轻一吹，它如故人不见了踪迹

子夜之诗

现在是子夜。一个人枯坐
一个人，抽烟、喝酒、泡茶、唱歌
一个人掰手指，从星期一数到星期天
再从星期天数回来

最适合沉默了。在子夜，不只我在沉默
山在沉默，水在沉默，星星、月亮、云朵、清风
以及远方的远和更远的远，都在沉默

都在落寞都在冷静。这寂静的夜晚
只有一朵花在盛放
它试图以一克拉的芬芳，以及一厘米的色彩
打破这场旷日持久的僵局

然而并没有
起到一丁点儿作用。在子夜，一个人枯坐
一盏茶里氤氲的月色，是一小朵忧伤
簇拥着另一朵忧伤

一米以外

一米以外，山高水远
那个趴在井边的人，喘息、闭眼
听井里波澜不惊的故事
和一些冰凉的秘密

一米以外
我有我的花园，你有你的天空
一只鸟飞过，一朵云的眼圈
比黑夜还黑

一米以外，流浪者归来
近乡情更怯，月是故乡明
那个半身埋进泥土的人
用泪水，安详地看着一切

一米以外，很安静
我从不否认一米以外，矗立着一座城
城门未开，外面的人进不去
里面的人出不来

黑蝴蝶

就那样低低地飞……轻轻地飞。
翅膀上凝结着芬芳，
你若不同意，我不会告诉任何人。

就那样相互依偎着，你在我的肩膀上。
立着。
你隐藏着花园的秘密，你对整个春天
都守口如瓶着。

你对着我缄默。
我不怪你。

虚　设

那气息令人昏厥。
——当马嚼着青草。当草汁沿着牙缝直下
灌进它包罗万象的胃。

当我在草地
举目茫然时，一切悲伤和快乐
都形同虚设。

当我在一棵树下
躺着。听一些往事和私语。月光流淌的声音
席卷了
整个草原。

九月之诗

九月将尽，谁还能绝地反击？
在时间之桥上，是步履匆匆的行人
与绝尘而去的车马。桥下流水潺湲
神态自若。几瓣落花浮在水面
我嗅不到，它的体香
我只是在桥西，看到一棵桂树
还在苟延残喘。而此时九月未尽
夕阳依旧挂在枝头

持烛者

谁能在此安身立命，谁就能取走
这一粒火焰。那个持烛的人，安静、祥和
步履轻盈。正行走在一片
望不到尽头的草地上

直至渐行。渐远。渐无踪。也没能取走
这一粒火焰。那个持烛者的身后
一只流萤扑腾着，单薄的翅膀

我隐约看到，在流萤的尾巴上
一粒童年正在燃烧
而那个持烛的人，渐行渐远，浑然不觉

茫然书

我一定受过伤，一定流过泪
一定在不为人知的地点，发生过不为人知的故事。
一定与水流淌过，与山安坐过
一定趴在地上，与草一样低过。一定采过棉花
堵住了大地的伤口。一定在时光的镜子里，看到过另一个自己
也一定失忆过，不然我怎么会，一点也想不起来？

黄　昏

我无法接受或拒绝，一朵云说远就远了
天空那么空，却怎么也容不下一枚忧伤的落日
此时群山安好，万籁俱寂，黄昏的杯子里
透明的泪水和余晖一样纯净。而我，开始安静
在火车上看村庄渐行渐远。我不知道此时的村庄
或村庄的一草一木，是否怀着和我一样的心情

墓志铭

多年前天真无邪，曾不知疲倦地放着风筝
追着云跑。多年后风华正茂，从一万朵花里打马而过
嗅着岁月沾染了生活的芬芳。现在，人在异乡
比远更远的远方，是故乡。所有语言荒草一样堵住嗓子
身体恍若坟墓。眼睛成了墓碑，立在身体上头
时而宁静时而惊慌失措地刻下墓志铭，为一颗心
守住了旷远持久的忧伤

四月来了

持续了整整一晚上。还很温柔地，把一朵花
轻轻地，打下来。
我听到一声疼痛噼啪破碎，溅了一地
花香。连鸟语也是香的。当我听到鸟语，
耳朵，鼻子，眼睛，嘴巴甚至整个我都香了。香飘飘的
我，香飘飘的云，一不小心就飘起来了。
然后又一不小心地
落下来，和三月一起。分别成了
四月的父亲，和母亲。

放牧云朵的风

天是空的，一望无际
放牧云朵的风此刻奔跑着
它一定在田野间留下了体温
孵化了一朵一朵油菜花
它一定荡漾着江上的烟波
它涉过江河、越过高山
不早一步，也不晚一步
就这样拂过花海，来到我身边
这一定是前生注定的。为此
我用一朵桃花，拥抱了整个春天

醉黄昏

突然被击杀
闪电钻出云壤，扎根于无尽的虚空

远山略远
略苍茫，略孤独
从山下匍匐而过，溪水
有了难以重现的清澈

只有鱼
游离于梦境与现实之间
梦境中，是一抹火未烧尽的云
梦境外
一个水泡同另一个水泡相互摩擦

摩拳擦掌的，是一朵待绽的花蕾
春天一饮而尽
在某个欲雨的黄昏，有人举杯
于树冠和云朵之间
完成了一场击杀

一九九四

吹雪的黄昏，把酒杯砸碎
一本书愈读愈厚
仿佛附上了一层，光阴的尘埃

一九九四年，入冬，天微凉
风渐冷。指尖戳破云层
另一些雪花，铺天盖地

银装素裹的，是一整个黄昏
那一丸落日
透过书本的旧香，挑逗封印于墨间的羞赧

第一页是懵懂的芽苞
第二页，青涩的苹果
砸在某个思考者的头上

第三页，情愫犹如春风，绿了两岸江南
第四页，几枝花旁逸斜出于
邻家的墙角之上

第五页……一九九四年，第一百页婀娜而来
一声婴啼撕裂纸张
所有书写，被雪花覆盖如初

村居素描

一棵电杆树形单影只
另一棵如影随形

在马路上驻足，所有风声被筛落
一些云朵，在破旧的天空水滴石穿

时空被扭曲，前一秒在田头
下一刻，即在鸟儿的落脚点对酒当歌

“这个世界啊，像一个烟头”
扛着锄头的老农，将烟头狠狠戳在石头上

石头一声尖叫，跳入水中。溪水睁开惺忪之眼
而后缝合了田野的麻袋

只有电线交叉于天际
桦树的嘴唇，吞噬昨夜的星空

“你看不见，你只能想象”
一些快乐如子弹，穿透某个世界的胸腔

月光帖

像月光一样，风开始柔软
所有苍茫被折叠
被一只舟影，带到十万光年的水域

一粒星辰如梦，擦亮琐碎的往事
在人间，一堆麦垛
就是一座村庄的掠影浮光

第十二堆掩埋了一些秘密
蚯蚓不知道，它东躲西藏的世界
一具躯体正在发芽

……正在开花，正在结果。像月光一样
从云端泻下来的轻纱
披在了，一株老槐的身上

自行车

目击了一场失踪，并完成了一场交接
从云上走来的男子
此刻，风一样
睁开天空的眼睛

自行车去了哪里无人知道
自行车带走什么无人感兴趣
自行车上衣衫如雪
自行车上的链条，牵动滚烫的青春

曲折复曲折，绵长复绵长
下一个路口，轨迹如影随形
在懵懂的路灯之下
闭合光阴的嘴唇

轮胎费劲地滚过一个夏天
途经县城时，自行车欲言又止
自行车走走停停
自行车从远方，带走了乡村的体温

在站台

一个跟我一样的男人
曾在这个空寂的站台上弯颈点烟
火苗扑腾了几下
就熄灭了

更多的动作也是如此相似
打呵欠、弯腰、跺脚……
仰着脸朝天上那块
浑圆的鹅卵石吐烟圈，一圈、两圈……

在等待火车时
还有抛硬币的习惯
一枚用旧的硬币，在消磨时光的同时
还反着光，把眼睛晃得火辣辣的疼

唯一的不同是
在站台上张望的方向、目的地不同
那个跟我一样的男人年轻时家庭困窘

被迫辍学背上背包，挤进打工流里

而我只是在同一地点

对着相反的方向等着回家

一声咳嗽

一声咳嗽擦亮了天空
一声咳嗽，惊醒了那盏阑珊的灯

那一声咳嗽，是从嗓子里破土而出的
在此之前，它安静得如同月亮
不言不语。只是一味地闭着眼睛
听云朵唱歌

那一声咳嗽带着微弱的体温
由内而外，敲打着凝固的空气
有人吸进一口气，又呼出一口气
再吸进一口气，又呼出一口气

他在早晨吃了奶酪，中午吃了葡萄干
下午喝了点水。现在，他滴水未进

他只是在夜里，把一生的不卑不亢
化作一声咳嗽，逼出了体外

傍晚素描

此时已近傍晚，没有人在这条路上
行走或是休息。一座小山在不远处
更近一点的是河水。水流湍急，一些荡起的水花
溅了鹅卵石一脸。往左看，有几棵电杆树
挺直的腰杆，撑起蔚蓝的天空，和云朵。往右看
一小片树林，被土地包围着。那里樱花开得正好
一瓣一瓣的小小的白和清香，塞满了树林
和空气。往前走，沿着路往右转，一座村庄若隐若现
几只烟囱吐着炊烟，如吸烟的老者。
有几个人忙着赶牛，还有几个孩子
放着自己糊的风筝。这时春风正好
春风轻轻一吹，风筝就载着四月，飞起来了

在大山深处

他就这样坐在门口，身前是一片苍茫
一些凸起的乳房是大地的，他吞着口水
说：这跟我媳妇的一样丰满

他抽烟、喝酒，对着落日发呆
烟头丢了一地，一些带着火星的
烙疼了这个，疲惫的黄昏

啤酒瓶碎了一地，如岁月。扎伤了他的眼睛。
他捂着眼睛说：我的心在滴血，没错，是在滴
不是流，更不汹涌、澎湃、气势惊人

身后是屋子，静静地躺在地上，如玉米棒子。
他回头看了一眼，再转过头去。一条路悠长地伸出大山
他这一辈子，是没机会走出去了

后记

孤独的魔法师

1

我是在一个小小的村庄长大的，在这片不算富裕的土地上，我深知生活之艰。困苦的日子让童年变成一粒带有外壳的种子，外壳很坚硬，种在泥土里，经了风经了雨，却难以破土而出。

在这个小小的村庄长大，我以为自己会如很多人一般，早早地上了学，毕了业，然后外出打工，或是留在家里打理田地。是的，这就是我从前的世界，它很小，很卑微，很简陋，但却无限真切。我以为我的世界也就这样了，当诗歌出现在我的生命里，我才发现，这时候有一双神奇的手，正在悄无声息地改变着我以及我的世界。

诗人雨兰曾在一首诗中写道："每一个生命／都是自己的魔法师／在神奇地变变变／/每一个生命／都掌握自己的魔法口诀／在快乐地变变变"，当"诗歌"与"魔法师"这两个原本互不相干的词汇相遇到一起的时候，我可以预见，这将摩擦出一场绚烂的、盛大的、美好的火花。每一个创作诗歌的人，不都是自己的世界的魔法师吗?

于是，世界一下子不一样了。我是说世界变大了，变辽阔了，变神奇了，变复杂了……于是，再见到村前那一座毫不起眼的小山丘或者一片水田时，它们变得生动起来，它们是嗷嗷待哺的羊羔，被魔法师定格在这片贫瘠的土地上，等待下一个魔法师的到来。是被解救，被忽视或是其他，一切的一切，变得扑朔迷离起来。

诗歌如春雨一般，不仅滋润了大地，也滋润了我的心灵。于是，我生出一个大胆的想法：可不可以成为世界的魔法师，以诗歌的名义？

2

想做魔法师，是源于对美好生活的向往，但究其原因，还是对现实生活的厌倦与不满足。不满足！不满足于日子淡如水，不满足于贫瘠的生命开不出惊艳的花朵，不满足于低眉顺眼，更不满足于活不出自己喜欢的样子。于是，诗歌有了意义，或者说被赋予了使命：给人们插上天马行空的翅膀，天高任鸟飞。

于是，在诗歌的世界里，黯然的孤独也有了耀眼的光芒。孤独的小兽从心底挣脱出来，可以食月，可以吞日，可以一飞十万八千里，也可以叱咤十万八千年。我的小兽是孤独的，亦是快乐的，它使我将自己倾洒于笔下，然后写出、拼接、分化成无数个我，让我在孤独的国里，做自己的王。

有时候，孤独，未尝不是一种幸福。

3

我可能见到了公主，这个在水一方的佳人，在文字上，舞出了自己的孤独。她看不到我，或者说，她看到了，却与我默契地选择了缄言。

4

我需要一个魔法师，补救一个灰色的童年。如果没有，那就学魔法，自己做魔法师。

我也要南瓜车，也要南瓜车上的姑娘，也要糖果筑成的城堡，也要飘着棉花糖的天空……生活亏欠我太多太多，包括一个完整的童年：一个天马行空的、天真无邪的、无苦无难的、欢天喜地的童年。

所幸，我在诗歌里，找到了。

5

胡兰成曾经写道："小时候人家做喜事，好比平畴远畈有桃花林，不必属于自己，看了照样内心充满喜悦。"阅读也一样。每每看到别人的好文字，总是欣喜万分。

6

这片贫瘠的土地，却是我一生无法走出的世界。写了那么多，埋怨了那么多，到头来，心心念念里，全是这片土地。也终于明白艾青为什么会说"为什么眼里常含泪水，因为我对这片土地爱得深沉"了，因为恨，所以爱。爱与恨交织在一起，也许所谓的乡愁，就是这样来的。

7

"春天的步子轻又盈 / 像一地玉米，偷偷吐了穗 / 像一田南瓜，悄悄开了花"，拥有一颗童心，实在是一件奇妙的事情。都说"看山是山，看水是水"是第一层境界，那么"看到玉米歌唱，发现南瓜顾盼"则是另一层境界了。

写了不少这样的文字，也许是为了弥补某种遗憾吧，想做魔法师，不就是为了修补一个不太圆满的人生吗？村庄是人生的第一站，城市才是第二站，我知道人生的终点站，一定是第一站。我那贫穷而静好的村庄，更需要一种神奇的力量来圆满、来美好，将村庄种在诗歌里，它让我在这座孤独的小城的无数个日夜里，有了火焰一般的念想，它让我温暖，温暖又幸福。

8

小城是孤独的。孤独的小城，有了人间烟火的味道。“这鲜活的一方乾坤，人人都是造物主 / 那车、那人、那米粉 / 在此起彼伏的叫卖声中 / 识别彼此的口音”，这样的小城，所有事物都是熟悉的，仿佛每一天的生活都在日复一日地重复着。在这里识尽人间悲欢，笑也好，哭也罢，既然选择了这里，就好好活着吧。哪怕如一朵野生的云。

9

做一朵野生的云没什么不好，“但其实它长着三个面孔 / 一个是村庄的面孔 / 一个是县城的面孔 / 还有一个，是我放养于人间的面孔”。一朵野生的云，其实是漂泊于村庄与县城之间的灵魂，纳兰有句“我亦飘零久”，飘零久了，偏爱于哪一个已经不重要了，重要的是心里要明白，城里有些执念，村里留些眷念，叶落了要归根，如此就足够了。

10

写诗的过程，其实是一个记录的过程。诗歌是一个很小的片段，它有时低沉，有时失落，有时欣喜，有时满足……有时童趣，有时青春，有时顿悟，有时老成……有时笃定，有时迷惘，有时如水中望月，有时如径上寻花……将所有的所有、一切的一切联系在一起，你便会发觉，这就是人生的总和。

所以写诗如写日记，是为生命留下符号，也为人生有踪可寻。回看曾经写过的文字，可能有病句，可能语法错了，可能笔法很稚嫩，也可能不知所云，但总会会心一笑，然后心中暗忖：原来我也这样过。

佛家有“故我”“今我”一说，诗歌是一面镜子，可以让“今我”，见到渐行渐远、渐被遗忘的“故我”，“故我”隐匿于旧时光里，等你将他寻到，做他的好朋友——我的“故我”，实在太孤独了。

11

如果我是魔法师，我就用招魂术，把那些人召回来，管它坟头青草如许，我就是要召回来，召回：爱下象棋的二哥，酗酒的外公，村头的叫花子陈老二，不知生死的老狗白白……

如果我是魔法师，可惜，我不是。

12

以诗歌的名义，成为世界的魔法师，届时，邀请李白、兰波、泰戈尔……在糖果筑的城堡外，临曲水，共流觞。

诗歌的魔力在于，让人遨游其中，放浪形骸。用“点睛”一词毫不过分，诗歌点睛了生活，也让不甘平凡的日子，成为热烈燃烧的烈焰。

“鱼的心头藏着一个天大的秘密 / 它不告诉任何人，包括它自己 // 飞上九天时，鱼的翅膀开成两朵花 / 一朵叫月亮，一朵叫太阳。”成为世界的魔法师，我欲化身为一尾飞鱼，拾掇起星光洒落的碎银，穿上了云朵纺织的棉袄。

图书在版编目（CIP）数据

放牧云朵的风 / 曾入龙著. -- 北京 : 作家出版社，2018. 3

（中国多民族文学丛书）

ISBN 978-7-5063-9978-4

Ⅰ. ①放… Ⅱ. ①曾… Ⅲ. ①诗集 - 中国 - 当代 Ⅳ. ①I227

中国版本图书馆CIP数据核字（2018）第057665号

放牧云朵的风

作　　者：曾入龙
责任编辑：李亚梓
特约编辑：王　冰
装帧设计：孙惟静
出版发行：作家出版社
社　　址：北京农展馆南里10号　　**邮　　编**：100125
电话传真：86-10-65930756（出版发行部）
86-10-65004079（总编室）
86-10-65015116（邮购部）
E-mail:zuojia@zuojia.net.cn
http://www.haozuojia.com（作家在线）
印　　刷：北京玺诚印务有限公司
成品尺寸：170×240
字　　数：202千
印　　张：14.25
版　　次：2018年5月第1版
印　　次：2018年5月第1次印刷
ISBN 978-7-5063-9978-4
定　　价：36.00元